# LA MORT EST UN CAUCHEMAR

## Du même auteur

*Non Monsieur Fukuyama, l'histoire n'est pas finie !*, BOD, 2010

*Une fois par jour*, BOD, 2012

*Dialogues sur le bonheur,* BOD, 2012

*Proverbes à vivre,* BOD, 2013

*Epistolaire féminin*, BOD, 2013

*Libres conjugaisons*, BOD, 2013

# JEAN-PASCAL FARGES

# LA MORT EST UN CHAUCHEMAR

*Pour l'éternité*

En face de moi, ma fin et rien d'autre.

Le mur de ma chambre n'est plus, englouti par le néant qui m'attend. Les processus chimiques qui m'ont tenu en vie jusqu'ici se dégradent, mes chairs sont mortes avant moi, je ne ressens plus rien sinon cette activité incessante de mes pensées prises entre peur et abandon.

Ma dernière représentation se joue à porte fermée ; pas de présence à supporter. J'ai refusé les services de ces professionnels de l'accompagnement ; je ne supportais plus leur mine compassée, leur regard de chien triste, leur main qui saisissait la mienne comme s'ils s'accrochaient à mon sort afin de trouver enfin un sens à leur vie : "ne le cherchez pas dans la mienne, vous ne le trouverez pas ; je ne vous aiderai pas".

Le sens n'est pas dans cette pièce blanche où ma seule compagne est cette pompe à morphine. Il n'est pas dans ce cadavre avec qui j'ai tant vécu. Il n'est pas dans ces mots passants qui ne parviennent plus à mes oreilles. Je ne le trouve pas davantage dans ce ciel de fenêtre, trop loin ; le ciel est toujours trop loin. Que dire du sens de la mort ? Une décomposition chimique a-t-elle un sens ? Une explication sans doute ; mais un sens ?

Pour repousser momentanément l'angoisse qui s'impatiente à l'idée de m'envahir, je me distrais. La seule distraction accessible, quand on habite un corps en décomposition, est l'activité de l'esprit. La rumination mentale fait l'objet de toute mon attention, de toute mon imagination ;

ainsi, je finirai bovidé broutant l'herbe rare de mes pensées.

"Donner du sens" répètent *ad nauseam* les dévots du signe. Je les ai entendus tant de fois dans ma chambre, ces obsédés du don, ces compulsifs de la bonne raison. Me faire la leçon à moi qui vais les quitter, moi qui suis le seul à même de rendre compte de cette expérience de la fin ! La leur viendra bien assez tôt et ils verront si elle a un sens.

Puisqu'il est dit que la fin de la vie est le moment idéal pour considérer son existence avec recul - curieux recul que la position horizontale - je vais occuper mon esprit à chercher si tout ce qui finalement m'a amené dans ces quatre murs et, bientôt, dans quatre planches, avait un sens quelconque.

Je n'ai pu interroger ni le spermatozoïde de mon père ni l'ovule de ma mère mais si je sais une chose c'est que cette rencontre fut improbable, non pas parce que les actes de reproduction furent rares chez mes parents, encore que, mais il faut être d'un entêtement criminel à vouloir mettre au monde un être destiné à mourir ; improbable disais-je dès lors qu'on fait appel à la raison. J'en tiens évidemment pour responsables ce spermatozoïde têtu, cet ovule complice mais bien plus les porteurs inconscients de ce projet mortifère. Comment en effet, si l'on se détache de toutes les ruses de l'espèce à vouloir se reproduire, comment donc peut-on raisonnablement vouloir souhaiter comme ultime destin à un être chéri une chambre d'hôpital et une pompe à morphine dans le meilleur des cas ? C'est un homicide volontaire. La naissance est un heureux événement pour l'espèce et un malheur pour le vivant promis à la mort. Qu'ai-je fait pour être condamné à vivre avec mon cadavre pendant moins d'un siècle ?

Maintenant que j'y suis, j'y reste.

J'ai bien pensé, à l'occasion de mes grands malheurs d'enfant, à mettre fin à mes jours mais, là encore, l'espèce veille : "Tu ne mourras pas avant de t'être reproduit ; c'est la règle". Et puis on s'habitue, entre jours qui n'en finissent pas et nuits qui finissent tôt. On s'habitue à trainer sa carcasse là où on la conduit, à l'école, à l'église, à la chambre. On pourrait même trouver un certain plaisir à jouir de son corps dans un jardin, au soleil. On pourrait même se laisser aller à aimer les rares instants sans contraintes où une illusion pourrait naître, la liberté.

Certes, les tentations du sens ne manquèrent pas au cours de ma scolarité chez les Jésuites, entre les cours d'instruction religieuse et les offices rythmés par le *Tantum Ergo Sacramentum*, il semblait bien qu'il y eut là un sens profond, pour compenser les sens qui le seraient moins ; un sens divin, un plan transcendant, un dessein pour moi, dans les siècles des siècles. Je n'étais pas une créature abandonnée à une vie ballotée par les hasards de la chance et de la malchance mais bien un être aimé d'un amour infini. A vrai dire, je ne me suis jamais senti aimé par ce créateur qui n'a jamais ni su, ni pu me prendre dans ses bras. En cela Dieu ressemble à mon père ; Dieu et mon père souffrent du même handicap affectif ; Notre Père, où êtes vous ? Mais, à force, j'avais fini par penser qu'il était confortable, dans mon lit de pensionnaire, que quelqu'un m'aimât même si dans ma vie cet amour m'a semblé cruellement absent.

Les instants les plus intéressants étaient les confessions, obligatoires dans un collège jésuite digne de ce nom. Énumérer ses fautes sans n'en ressentir aucune culpabilité est un plaisir peccamineux. *"Bénissez-moi mon père parce que j'ai péché."* J'ai pris conscience bien plus tard de la portée de cette phrase : "Je te donne le pouvoir de me bénir." Autrement dit : "Je te donne un pouvoir sur moi".

La douleur revient, j'ai laissé mon esprit vagabonder le pensant détaché de mon corps. Une petite pression pour m'emplir de ce liquide salvateur ; mon salut est morphinique.

A cet instant d'une vie que je me raconte, douze ans après ma condamnation à mort que fut mon acte de naissance, j'ai beau chercher, rien n'avait de sens. Me retrouver dans une sorte de camp de travail sur décision parentale ne tenait qu'au hasard des circonstances. Leur décision de conditionner ma vie dans cette institution de robes noires fut aussi improbable que celle de me mettre au monde. Le sens dans ces moments de malheur me parait à présent inatteignable au point que je le considère comme inexistant.
La vie n'est pas facile, il faut donc qu'elle tienne ses promesses. Jésus, ma joie ne demeure pas.

A peine ai-je eu le temps de savourer mes premières masturbations que le temps du poil s'est imposé et avec lui, le temps des rêves. Chevelu et barbu, aspect christique sans croix - tout le monde ne peut pas être fils de Dieu - me voilà déclamant des projets pour l'humanité, me voilà immortel. Je suis entré dans le moule qui fait, d'un cadavre potentiel, un vivant agité. J'ai donné du sens à ma vie. Changer le monde, voilà un beau sujet. Débarrassé de l'idée de ma fin, j'élaborai une finalité. La confession m'avait appris à ne pas déléguer mon destin à d'autres qu'à moi-même. Cela m'a semblé insuffisant, c'est le destin de l'humanité qui paraissait faire sens ; quelle expression sotte ! "Faire sens", pris au piège du sens sans avoir le sentiment d'être prisonnier et tenter d'emprisonner les autres ; quelle erreur de jeunesse !

Ces années de l'utopie compensaient les années précédentes, celles où j'ai appris à

momentanément me soumettre, me conformer ;
le corps dit oui pour que l'esprit résiste.

Confronté à l'autorité toute-puissante, j'ai
expérimenté tout son archaïsme. Hiérarchie et
arbitraire, voilà ce que j'ai appris ; couple
infernal se reproduisant dans les tissus des êtres
et ceux des communautés. Il me fallait du sens à
mon aliénation. Si je me suis retrouvé par hasard
dans cette institution à visée éducative c'était
sans doute pour que je fasse l'expérience de
l'illégitimité des pouvoirs, cette pensée m'a
permis de supporter ce camp disciplinaire. Ces
prêtres décidaient pour moi de ce que je devais
penser, de la façon de me comporter. Mon
intimité même faisait l'objet d'un contrôle total y
compris la nuit où la ronde des surveillants ne
laissait aucune place à quelques plaisirs
solitaires : "les bras visibles au-dessus des draps
!" Bien plus tard, je compris toute la rouerie des
pouvoirs qui s'emparent insidieusement de

l'intimité : confession, autocritique, transparence, psychanalyse... les pouvoirs nous pénètrent. Les pouvoirs m'apparurent comme l'adversaire à combattre.

Le Chili venait de basculer dans la dictature alimentant mon aversion pour les casques, les bottes, les lunettes noires, les Augusto, les Antonio, les Margaret, les Ronald. L'autorité fut mon ennemie et j'entrepris une guerre contre elle.

Agitation vaine des mots dans les assemblées générales peuplées de jeunes chevelus, vent trompeur, enthousiasme de salon, sens sans direction, militantisme bourgeois, défilés sans lendemain... il me reste un goût amer. Tout cela fut vain, trop romantique pour être sérieux même si les moutons paissent encore au Larzac.

Tout cela m'arrive dans un désordre fracassant. Mes voyages dans le passé me déçoivent ; aucun relief, aucune nostalgie, aucun regret, aucune cohérence ; rien qui fasse de moi un mourant comme on aimerait le voir : en paix. J'ai l'impression que je me raconte des histoires ; la morphine sans doute.

Mes yeux fixent le plafond blanc parfaitement accordé au teint de mon visage. Quel sera le monde sans moi ? Indifférent ! Insignifiant j'étais, insignifiant je pars ; sans signification. Je devrais me désoler, je n'y arrive pas.
Après moi, un lit disponible pour une ou un autre, les soins palliatifs ; le début de la fin. Ma copine morphine m'engourdit l'esprit. Mes yeux se ferment. Je peux partir à nouveau voyager dans mes souvenirs, là où je m'étais laissé.

J'étais en âge de me reproduire et je l'ai fait. Donner un sens à cette perpétuation de l'espèce pour humaniser ce processus, appeler cela amour et le tour est joué. Immature, éjaculateur prolifique, indifférent à ce geste "homicidaire", j'ai obéi aux règles de l'espèce. Je me suis dupliqué pensant sans doute que je valais bien un double. Ai-je su donner tout l'amour que réclamaient ces êtres ? Mes enfants, je vous ai laissé dans les mains d'un destin que vous n'avez pas choisi. Un jour, la plus grande de mes filles m'a posé cette question : "Pourquoi m'as-tu faite ?" J'ai été totalement désemparé : "je ne sais pas." Mais qui pourrait répondre à cette question ? Oui ma fille, quand je t'ai faite, je n'ai pas pensé que cela avait un sens. Je n'étais finalement qu'un individu de l'espèce perpétuant celle-ci. Glorieux n'est-ce pas ?

Je sens mon esprit s'affaisser.
Non pas maintenant, j'ai encore des choses à penser. C'est incroyable comme je peux tenir à cette vie qui n'est plus qu'un marasme achevé. Je m'accroche à ces quelques pensées médiocres, à ces os décrépis, à cette peau qui ne se tient plus.

Mon effacement ne saurait tarder. Je ne ferai plus tache dans le décor.

Peu après le festival de Wight me voilà père constitué. J'ai laissé l'insouciance dans l'île des utopies pour me consacrer à nourrir la famille, devoir dévolu au chasseur. Trouver du boulot, travailler et puis quoi ? Aucun sens là-dedans ; action-réaction comme toujours. Plus les années passaient plus je me costumais, plus je me cravatais, plus je croyais à la noblesse de la tache, plus je me prenais au sérieux. Dans mon attaché-case : mon statut. Je suis devenu l'adulte que j'ai haï quand j'étais enfant. Rien ne semblait plus pouvoir bousculer la conformité dans laquelle je m'étais glissé : boulots, appartements, divorces, enfants. Ma vie est un paysage désolé sans qu'il me désole ; je suis tellement loin maintenant !

**Me** revoilà ici, dans ce sarcophage pré-mortem.

Je ne sais finalement pas ce que je préfère ; ma vie avant ou ma vie maintenant ?

- Non, j'avais dit que je ne voulais voir personne.
- Excusez-moi, on m'a dit de visiter cette chambre.
- Qui on ?
- L'infirmière
- Elle vous aura mal renseignée.
- Voulez-vous que je parte ?
- Pas avant que vous me disiez qui vous êtes.

- Je m'appelle Myriam, je suis bénévole.

- Bénévole ?

- Oui, j'accompagne les personnes qui le désirent.

- Je suis donc en fin de vie. Vous avez pris une énorme responsabilité en m'annonçant sans précaution que j'allais mourir.

…

Je suis injuste, vous ne m'avez rien dit de tel mais c'est comme si.

- Ne le saviez-vous pas ?

- Comment voulez-vous l'ignorer ? Le jour où le médecin a annoncé à mes proches qu'il n'y avait plus d'espoir comme l'on dit, j'ai lu ma fin sur leur visage. Ils sont passés du sourire obligé à la tristesse de circonstance ; voyant en moi les cadavres qu'ils sont. Depuis, ils adoptent des attitudes conformes au deuil, une répétition avant la scène finale du crématorium.

- Pourquoi êtes-vous si sévère ?

- Parce que j'en ai les moyens. J'ai un avantage sur les bien-portants, je n'assumerai aucune conséquence de mes dires. Quant à aux conséquences de mes actes... voyez dans quel état je suis.

- Êtes-vous en colère ?

- Évidemment, ne le seriez-vous pas ? Ne vous a-t-on pas appris que la colère est la deuxième phase du processus de deuil ? Oui Myriam, la mort est un processus ; quelle banalité ! Restez encore et je vous ferai les trois phases suivantes. Avant que vous n'entriez, j'étais en train de considérer ma vie à l'aune de ma situation "légumière" et je vous avoue que la colère m'a pris non pas pour l'insignifiance de mon existence mais parce que cette insignifiance sera la dernière note de cette médiocre portée confirmant, s'il était besoin, que tout cela n'a aucun sens.

- Pourquoi dites-vous ça ?

- Ne tentez pas par un grossier stratagème de me faire le narrateur de ma vie.

- J'étais juste curieuse de cette insignifiance que vous évoquez.

- Curieuse dites-vous ? Seriez-vous une anthropologue trouvant dans ces chambres du dernier acte un sujet de thèse ?

- Je voulais juste comprendre.

- Que voulez-vous comprendre ? C'est de l'arrogance que de vouloir comprendre l'incompréhensible. C'est une perversion intellectuelle. Il n'y a rien à comprendre. Je suis un minerai en fin de carrière, je retournerai à la terre en attendant une réincarnation en paramécie dans quelques centaines de millions d'années. N'est-ce pas l'évolution ? Pis, ma pourriture alimentera ce liquide noir pour finir dans le réservoir d'une banale automobile. Affligeant non ? Observez notre présence sur terre, que voyez-vous ? Quelques milliards d'individus qui se reproduisent pour perpétuer

cette agitation vaine qui nous mène là où je suis.
Comprenez-vous maintenant ?

- Oui.

- Je vous sens désemparée.

- Je le suis.

- N'avez-vous pas appris, dans votre formation
d'accompagnement, à éviter de montrer votre
désarroi pour ne pas ajouter votre difficulté à la
mienne ?

- Oui mais je n'ai pas l'intention de vous
dissimuler mes états intérieurs. Je vous dois cette
honnêteté.

- À quoi vous attendiez-vous ? A ce que je meurs
heureux, en paix ; ces mots d'église qui me
révulseraient si j'avais encore un peu de force. Je
ne mourrai pas apaisé ; je n'ai pas grandi, je n'ai
pas vieilli, je suis toujours révolté. Je ne me suis
jamais couché devant les dictats ou alors,
provisoirement ; la mort ne me courbera pas
même si les apparences sont contre moi ; comme
vous pouvez vous en rendre compte, je suis

couché. Il y a longtemps que je sais que je suis mortel mais je ne m'y suis jamais résigné. Je n'ai jamais supporté l'inéluctabilité des choses et toujours pas maintenant. "Inéluctabilité", je n'arrivais jamais à prononcer ce mot, Freud aurait sûrement une explication ; la morphine doit aider à déplier le cerveau. Vous savez, la mort me prend en pleine adolescence, j'ai arrêté de grandir à l'âge de vingt ans.

...

Bravo Myriam ! Vous avez réussi.

- Qu'ai-je réussi ?

- À me faire parler de moi.

- Vous êtes libre de vous taire.

- J'ai toujours eu beaucoup de mal à ne pas répondre à une sollicitation. J'adore parler, je suis incapable de me contrôler.

- Ne vous faites pas mal.

- Vous ne manquez pas d'humour, pensez-vous que ce soit approprié en de telles circonstances ?

- C'est vous seul qui pouvez en juger.

- Je prends cet instant d'humour et l'emmènerai avec moi.

- Vous disiez avoir arrêté de grandir à l'âge de vingt ans.

- Je constate que je ne peux pas aisément détourner votre curiosité. Je vais donc me laisser aller aux confidences. Avant cela, une petite giclette pour voguer sans tempête.

...

Nous y sommes.

...

Ma plus grande frayeur était de grandir, les adultes étaient si désespérants. Je suis resté avec mes jeunes révoltes, mes inconstances chroniques - ma vie fut très chaotique - et mes rêves d'un autre monde que j'avais entr'aperçu dans mes années chevelues. Je cédais à la norme puis, sans crier gare, rejetais en bloc ma vie pour en construire une autre ; j'étais très primesautier et le suis encore si c'était possible. J'ai laissé derrière moi des chagrins et de l'incompréhension sans jamais le regretter. Je n'étais pas poussé par une quête obsessionnelle de sens mais bien par un rejet de ce je devenais et que je haïssais. En réalité, dès que je sentais que je devenais adulte, je m'évadais pour garder cette jeunesse que je ne voulais pas quitter ; non pour éviter le vieillissement de mes os mais celui de mon esprit et de ma pensée. « Grandis un peu ! » disaient ceux que je n'aimais pas. C'est ce que je vous disais, je vais mourir jeune. Amusant non ?

- Vous avez dit que vous ne regrettiez rien.

- Le regret, grand sujet chez les personnes en fin de vie parait-il. Voyons un peu ensemble ce que regret veut dire. Vous voyez, je vous inclue dans mes divagations mentales. Vous êtes habile Myriam. Vous êtes une professionnelle bénévole, curieux oxymore vous ne trouvez pas ?

- Je ne suis pas certaine que professionnelle soit le qualificatif qui convienne le mieux.

- Impertinente ! Ne savez-vous pas que la parole d'un mourant est sacrée et que votre seul devoir est celui de l'écoute bienveillante comme il est dit dans tous les manuels du "bien savoir accompagner". Toutefois je vous remercie de cette impertinence, elle me confirme que je suis en vie. Pour un peu, je me laisserais aller à la gratitude. Vous ne pouvez imaginer, chez mes visiteurs, celles et ceux qui me voient comme un moribond, un individu un peu moins humain qu'eux, un être déchu. Certes, voilà longtemps que, par la force des choses et mon absence de force, j'ai abandonné la bipédie au profit d'une situation horizontale ; vous ne pouvez savoir combien le monde est différent dans cette position. Les personnes qui entrent dans ma chambre sont de travers, le mur en face de mon lit semble s'incliner vers moi mais surtout, ceux qui me rendent visite se penchent sur moi, ils se cassent le dos pour contempler cette humanité finissante. Je me sens parfois objet dans un salon de curiosité. Certains ont un peu de mal à cacher leur peur ou leur dégout, je ne sais. Il est vrai que le spectacle donné par mon corps n'encourage pas la tendresse et je ne vous parle pas de mon haleine. Quand vous êtes à l'horizontal, tout vous sépare déjà du monde vertical.

...

Je pense à l'instant que je ne marcherai plus jamais de ma vie. Curieuse impression, détestable impression ; je m'étais habitué depuis tout ce temps. Ce qui est le plus drôle dans ce que je viens de dire c'est le mot "vie" ; quand elle se compte en jour c'est assez cocasse. Mais venons-en à la notion de regret. Je ne vous incommode pas j'espère.

- Pas du tout.

- Vous n'êtes pas payée pour me dire non.

- Amusant !

- Merci ! Le regret donc. C'est exclusivement un sentiment ; êtes-vous d'accord ?

- Nous dialoguons à la manière de Socrate?

- Non, ce n'est pas souhaitable, Socrate ne dialoguait pas, il cherchait un assentiment chez ses interlocuteurs qui n'étaient finalement que des faire-valoir. Mais pourquoi pas ? Je serai fâché de ne pas trouver chez vous un accord béat à mes profondes pensées. Rappelez-vous que je suis en fin de vie et que cela me vaut votre totale soumission intellectuelle.

- Est-ce votre désir ?

- Je ne désire rien qui vous commande ; faites comme bon vous semble mais ne soyez pas désagréable avec moi, j'en serais peiné.

Trêve de mondanités palliatives, revenons aux troupeaux des regrets. Si le regret est un sentiment, il naît en nous, il est ressenti par nous et s'éteint en nous, s'il s'éteint. Le lieu de notre regret est notre esprit et, parfois, notre physiologie peut en être affectée. Si donc le regret vient de nous, nous en sommes les créateurs. Le créateur peut en principe tout sur sa créature mais dans le cas du regret il semble qu'il soit souvent impuissant. Les regrets sont parfois éternels, vous les trouverez sur les couronnes de fleurs et sur les tombes comme un dernier sort jeté aux morts.

...

Excusez-moi, j'ai la bouche un peu sèche. Je vais boire un peu.

- Puis-je vous aider ?

- Je vous remercie, j'y arrive encore.

...

Mais que regrettons-nous ? Un passé qui put être autrement, un manquement, une démission, une action que nous avons jugé inappropriée, un tort que l'on aurait fait, une faute commise ? En réalité, nous regrettons que le passé nous échappe, immuable, irréversible, inchangeable. "Nous aurions pu", "nous aurions dû", voilà ce qui nous taraude. Que faire de ce sentiment sans s'y soumettre ? Je vous le demande.

- Je n'ai pas de réponse à cette question.

- Avez-vous déjà eu des regrets ?

- Certainement mais je n'en ai aucun souvenir à ce moment précis.

- C'est donc qu'ils ne sont pas éternels. Ce sont des regrets de convention, sans importance, sans culpabilité.

- Sans doute.

- Avec vous je me sens un peu comme Socrate. Vos réponses soutiennent mon propos et j'en suis fort aise.

- Si j'ai pu contribuer à votre aise.

- J'ai prononcé le mot terrible de "culpabilité", l'avez-vous remarqué ?

- Comment ne pas le remarquer ?

- Oui, comment ? Notre impuissance à corriger le passé provoque une culpabilité bien entretenue chez nous judéo-chrétiens. Nous ne pouvons rien changer à ce que nous avons été et à ce que nous avons fait, nous ne pouvons que regretter. Ce regret ne nous libère en rien. La culpabilité nous attache à un passé révolu. Regret et culpabilité sont une fabrication culturelle que nous avons intériorisée.

- Pourquoi parlez-vous de "nous".

- Pour éviter de parler de moi bien sûr.

- Vous discourez donc sur des principes généraux.

- Je vous avais demandé de ne pas être désagréable.

- Pensez-vous que je le sois ?

- Oui, je vous demande la liberté d'en rester au Nous parce que ça m'arrange et laissez-moi discourir sur les principes généraux. Vous ne pouvez contraindre un mourant.

- Faites donc.

- Quoi, mourir ? Que croyez-vous que je fais ?

- En d'autres moments, j'aurais bien ri. Procédez comme il vous plaira, je vous écoute.

- Je vous remercie de votre amabilité. Je parlais d'une fabrication culturelle. Ni le regret, ni la culpabilité ne sont enseignants. Par contre, observer ses comportements passés et juger de leur justesse me paraît profitable. J'ai tenté, avant votre arrivée, d'avoir un regard sur mon passé, débarrassé de regrets et de culpabilité ; j'avoue que j'ai parfois failli mais le peu de lucidité qui m'est restée m'a permis d'observer mon passé comme un enseignement bien que, dans la situation dans laquelle je me trouve, cet enseignement ne soit d'aucune utilité.

- Vous ne ressentez donc pas de regrets.

- Bien sûr que si mais je ne ressens pas de regrets qui interfèrent avec mon jugement et troublent mon observation introspective ; pas de regrets qui ne m'appartiennent pas. Je peux bien vous le dire et sortir de mes constructions intellectuelles, je n'ai que des regrets et je les aime parce qu'ils m'occupent. Quand je suis occupé, je souffre moins.

- Pourquoi vouliez-vous me parler des regrets ?

- Parce qu'il n'y a rien de bien à la télévision, parce que vous êtes là, parce que c'est venu comme ça, parce que j'ai pris du plaisir à le faire, parce que je n'avais pas envie de parler de la reproduction des sauterelles dans les champs de lavande, parce que quand je parle j'oublie, parce que j'aime parler, parce que ma bouche est pâteuse et que c'est une occasion de lui faire prendre l'air, parce que tant que je parle je respire, parce que la morphine me shoote, parce que je ne mourrais pas tant que j'aurais des choses à dire. Si vous évitez les questions qui commencent par pourquoi, j'éviterais à mon tour de vous soûler avec mes réponses idiotes. Oui, je sais, je peux vous paraître cynique.

- Je n'ai pas dit cela.

- Bonne observation, effectivement c'est moi qui l'ai dit. Le cynisme, dans mon cas, est le seul moyen que j'ai trouvé pour éviter le cadavre qui pousse en moi. Je ne veux pas savoir ce qui se passe dans un tréfonds qui rétrécit jour après jour. Vous ne pourrez pas m'accuser de lourdeur compte-tenu de ce que mon corps pèse aujourd'hui. "Tu ne pèses pas lourd" me disait

un ami. Quelle fulgurance, quelle prémonition !
Je hais les amis qui ont raison.

- En avez-vous fini avec les regrets ?

- Voulez-vous parler de mon propos ou de mes propres regrets ?

- Choisissez la question à laquelle vous voulez répondre.

- J'en ai fini. Devez-vous partir ?

- Si cela vous convient.

- J'ai été étonné d'avoir aimé parler à quelqu'un. La misanthropie m'a prise tôt, je l'ai cultivée et m'en trouvais fort bien. J'ai été heureux de passer un moment avec vous bien que j'ai accaparé la parole. En réalité, vous avez été l'instrument de mon plaisir. Au fait, je ne connais rien de vous.

- Je n'en connais pas davantage sur vous.

- J'aime ce vouvoiement, il permet de mettre une distance pour que l'autre soit visible. Il trace un espace d'échange que le "tu" tue. Ah ! *sister morphine*.

- Désirez-vous que nous fassions plus ample connaissance ?

- Myriam, ces propositions ne sont plus de mon âge, même si, bien entendu, j'ai tordu votre question de façon un peu grivoise. Ma réponse vous laissera sans doute perplexe mais… je ne sais pas. Ce que je sais, c'est que je suis fatigué, que la nuit gagne, que j'ai passé un moment agréable avec vous et que je n'ose vous dire à demain de peur que ce demain n'arrive pas.

- Je vais vous laisser. Je reviendrai demain et vous y trouverai.

- Bonsoir Myriam. Pourriez-vous appeler pour moi l'infirmière ? J'ai quelques détails techniques à régler avec cette mécanicienne.

- Je le fais aussitôt. Bonsoir… je suppose que vous avez un prénom.

- Vous m'impressionnez ; je vous le confirme, j'ai un prénom.

- Puis-je le connaître ?

- Henri.

- Au-revoir Henri.

- Au-revoir Myriam.

- Entrez !

Bonjour Myriam. Je ne pensais pas vous revoir.

- J'avais le désir de passer à nouveau un moment avec vous.

- Quand je dis que je ne pensais pas vous revoir, c'est que, tous les soirs, je souhaite que la nuit m'emporte. Vous n'imaginez pas combien mes réveils sont douloureux ; je suis en vie et c'est insupportable.

- Voulez-vous que je vous laisse ?

- Je viens de vous confier mon souhait nocturne d'en finir et vous voudriez me laisser avec ça. Comment vous dire de rester ? Restez s'il vous plaît.

- Comment vous sentez-vous Henri ?

- Las, douloureux, mes mots me font mal alors qu'ils sont mes derniers signes d'humanité ; mon humanité me fait mal.

- Que puis-je faire pour vous ?

- Que pouvons-nous faire l'un pour l'autre serait une meilleure question vous ne trouvez pas ?

- Oui, vous avez raison.

- Pourquoi pensez-vous que j'ai raison ?

- Vous avez posé une question commençant par "pourquoi" et m'obligez ainsi à construire une réponse commençant par "parce que". Parce que nous avons noué une relation et qu'elle sert aussi bien Henri que Myriam comme toute relation.

- Bien répondu chère amie. Vous êtes vive ; je suis gourmand de vivacité. Avez-vous bien dormi ?

- Oui, je dois avouer toutefois que j'ai pensé à vous.

- J'occupe donc les pensées d'une dame. Il aura fallu attendre mes derniers jours pour l'entendre. Je me sens un peu comme un troubadour courtois avec vous.

- Comment savez-vous que vous n'avez jamais occupé les pensées d'une dame ?

- Aucune ne m'en a fait part.

- Faut-il qu'on vous le dise pour que vous le sachiez ?

- Connaissez-vous une réalité qui soit indicible ? Je veux dire que sans les mots, il n'y a rien de tangible. La relation est-elle un jeu de devinettes ? "A quoi pensez-vous que je pense ?" J'ai toujours été surpris par notre tendance à vouloir conserver une sorte de symbiose dans les relations. Les bébés sont privés de la parole, c'est aux parents de deviner l'origine des cris : fesses rouges, indigestion... les possibilités sont grandes. Quand l'enfant acquiert le langage, les devinettes devraient cesser. En réalité, elles ne cessent pas et nous voilà à nouveau parents, tentant de chercher dans le non-dit ce qui est dit. Curieux, vous ne trouvez pas ?

- Présenté comment vous le faites, c'est effectivement curieux. Mais reconnaissez la difficulté que nous pouvons rencontrer à dire un état intérieur par exemple ou un sentiment ou à exprimer une demande. Nous avons peur des conséquences de nos dires, nous craignons d'affecter celle ou celui à qui nous confions nos mots, nous craignons la réponse négative à une demande exprimée ou nous ne voulons pas risquer de nous faire éconduire quand il s'agit d'amour. Nous confions à l'intuition de l'autre, à son attention, la charge de deviner notre discours intime.

- C'est un jeu dangereux, l'interprétation est une source d'erreur, elle ajoute de la confusion et nous avons besoin d'y voir clair. Je veux dire, j'ai besoin d'y voir clair. La parole elle-même est soumise à l'interprétation ce qui est une insulte envers celle ou celui qui parle. Je ne supporte pas la question "Qu'as-tu voulu dire ?" Je ne veux jamais rien dire d'autre que les mots que j'ai prononcés ; il faudra nous entendre sur les mots, seule matière disponible, voilà tout.

...

J'ai mal, je m'excuse, c'est envahissant, c'est idiot, je ne veux pas que l'on dise de moi que j'ai été courageux, je ne veux pas me soumettre à la conformité de l'héroïsme. Je ne suis pas courageux. Je ne veux pas souffrir, je ne veux pas gagner ma rédemption, je ne veux pas de salut.

...

Ça passe.

...

Excusez-moi de cette interruption involontaire de mon émission. La douleur me fait peur, elle est toute puissante, elle vous enlève d'un coup le peu d'humanité qui vous reste. Quand je pense que certains sont venus me parler de dignité. Quelle blague de bien-portant ! Ma dignité s'est perdue dans tous les tubes qui me traversent, elle se liquéfie et dégouline dans ces réceptacles en plastique qui finiront dans les poubelles. Seuls les éboueurs trouveront ma dignité.

Je suis en colère, ce sera une de mes dernières, je me suis entraîné à l'être toute ma vie. La colère est salutaire ; je plains celles et ceux qui ont tenté de l'éviter au nom d'un calme émotionnel qui s'assimile bien souvent à une reddition.

…

Voyez, je vous confie mes colères chère amie. Qu'avez-vous à dire à ça ?

- J'ai à dire que les douleurs vous fatiguent et que les colères vous reposent.

- Seriez-vous une amie pour comprendre ce qui m'arrive ?

- Vous remarquerez que vous ne m'avez rien dit dans ce sens et que mon intuition est allée chercher des mots que vous n'avez pas prononcés.

- Chère enfant, votre témérité est aimable. Vous argumentez profitant de mon état durable de faiblesse, c'est déloyal.

- Cher Henri, vous tenez à merveille le rôle de la victime.

- Que dites-vous là ? Je suis une victime. Point besoin de jouer un rôle. Je suis victime du mauvais sort. Je suis victime de la vie. Je suis victime de l'alcool, de la fumée, de la pollution, de la malbouffe, de l'incompétence médicale, de la maladie et de la mort. Il me plaît à cet instant d'être victime d'un acharnement de la vie à me voir mourir. Qui d'autre accuser que tout ce qui concourt à m'anéantir. C'est un complot ! Vous savez, toute ma vie, j'ai échappé aux situations en les contournant, en les fuyant, en les changeant. Celle-ci est la dernière ; point de fuite possible, ni de contournement, pas d'échappatoire ; je ne peux rien changer. Veuillez agréer, chère Myriam l'expression de ma profonde amertume et de ma sainte colère.

- Quel est l'objet de votre tourment ?

- Ma mort bien sûr ; en voyez-vous d'autres ici ?

- Avez-vous peur ?

- Oui, j'ai peur. Je ne sais pas de quoi. Je suis un athée endurci. Je pensais ne rien craindre, ni des dieux ni des diables. Il s'est sûrement logé au plus profond de moi un espoir purulent qui m'inviterait à croire que la mort n'est pas la fin. La peur qui m'envahit parfois serait celle d'être déçu.

- Un mort n'est jamais déçu.

- Epicurienne en plus ! Certes, cette peur est donc parfaitement imbécile, je vous remercie de l'avoir noté, mais elle est là. Je ne suis pas sûr que mon propos sur ses causes soit juste. Peut-être ai-je peur de tout quitter alors qu'en réalité je ne quitte rien qui m'attache.

- Les vivants ont pris quelques habitudes qui sont devenues tenaces et attachantes le temps passant.

- Je dois vous avouer, de mon plein gré, qu'il me revient en mémoire des moments de pur bonheur et cela m'attriste de savoir qu'ils ne sont pas renouvelables. Si je me laissais aller, j'aurais le regret de ne pas les avoir suffisamment goûtés ; après mes propos pompeux sur les regrets, je me prends en flagrant délit d'imposture.

- Vous avez curieusement associé deux mots : "espoir" et "purulent". Pouvez-vous m'expliquer ce qu'est un espoir purulent ?

- C'est un pléonasme.

- Mais encore ?

- L'espoir est une sorte de démission devant le réel, un aveu d'impuissance à ne pas pouvoir changer la situation dans laquelle nous sommes ; 'l'opium du peuple'. L'espoir s'insinue sournoisement et invite l'esprit à élaborer une construction mentale qui délaisse un réel présent détestable pour une hypothèse future plus enviable. Nous oublions que notre corps reste dans cette réalité que notre esprit tente de fuir. "Là où il y a de la vie il y a de l'espoir" ; foutaise ! Là où il y a de la vie, il y a de la vie et que ça ! N'allons pas nous perdre dans des espoirs vains qui pourraient devenir des croyances. Le réel est souvent peu amène, tentons de le rendre plus accueillant sans espoir qu'il le devienne.

- Vous n'avez donc jamais espéré.

- Bien sûr que si, autant que j'ai été déçu. Ayant horreur de la déception, j'ai cessé d'espérer. Je me demande si ce mal ne me reprend pas ces temps-ci. Ce qu'il faut craindre de l'espoir c'est qu'il se transforme en espérance ; vous savez, celle des prélats et autres thuriféraires de la vie éternelle ; quoique l'idée, dans ma situation, ne manque pas de séduction.

- Et si...

- Ah ! ne me faites-pas le pari de Pascal, s'il vous plaît. Et pourquoi ne me retrouverai-je pas après ma mort naissant entre un bœuf et un âne, signes d'une crucifixion prochaine ? Et pourquoi mon juge dans l'au-delà ne serait-il pas un zébu à pattes de chien ? Le pari est une mise sur le hasard ; sur le hasard je ne mise rien.

...

J'ai mal à nouveau.

- Voulez-vous que j'appelle quelqu'un ?

- Pour m'entendre dire que ça va passer ? Non merci.

- Voulez-vous que je vous laisse ?

- Si le spectacle de la douleur vous incommode je vous conseille de ne pas rester.

- Je voulais vous laisser vous reposer.

- La douleur n'est pas reposante. Je vais me taire quelques instants. Resterez-vous avec moi dans ce silence ?

- Oui Henri.

- Merci Myriam.


Mes pensées sont douloureuses, mon corps se tend, mes mains se crispent sur les draps. Débarrassez-moi de ça ! Mon souffle est rapide, je ne suis plus qu'un souffle. Comment est-il possible qu'on ne puisse rien faire pour m'éviter ces douleurs ? Je tente d'en être le spectateur, pratique stoïcienne inutile, je ne peux être là sans être là. La douleur me ramène bien vite à ce que je suis, un corps qui périt et un esprit qui ne l'accepte pas. La morphine semble elle-même impuissante ; quelle force puis-je trouver qui lui soit supérieure ? Et si c'était la dernière crise ? Et si c'était la dernière douleur de la dernière heure ? Je ne sais pas ce que je veux ; mourir maintenant pour ne plus rien sentir ; mourir demain et endurer encore et encore. Mes mains s'accrochent aux draps et je m'accroche à la vie. Toutes mes péroraisons, tous mes amphigouris pseudo-philosophiques se retrouvent dans les plis de mon drap, inutiles ; des vanités intellectuelles parfaitement désuètes. Je souffre donc je suis. Imbécile que tu es, prétentieux impénitent, tes mots, tes pensées, ta raison ne te sauveront pas. La pourriture est ton seul avenir et il n'y a aucun mot qui puisse trouver un quelconque sens à ton devenir mycologique.

Je crois que je délire. J'en suis le seul témoin. Quelle déchéance pour celui qui faisait de la pensée un spectacle de grands mots ! La douleur me dit enfin qui je suis réellement ; un peu de matière qui se transforme.

Arrêtez tout, s'il vous plait, arrêtez tout !

- Henri, je ne sais pas si vous m'entendez. Je vais chercher quelqu'un.

Je vous entends, mais je ne peux parler, je suis fermé de l'intérieur ; parler serait une douleur.

- Je reviens Henri.

...

- Alors, qu'est-ce qui lui arrive ?

C'est une blouse blanche, elle me parle mais ne s'adresse pas à moi ; c'est usuel dans cette tribu.

Elle parle au cas, à la maladie, au champ opératoire, au corps comme si j'en étais absent. Je la sens s'affairer autour de moi, j'ai les yeux fermés pour ne pas me confronter à son regard.

- Ne le faites pas trop parler, il en oublie de doser sa morphine. Il va aller mieux dans quelques minutes. Vous savez, il se fatigue vite. À plus tard.

Sur ces recommandations à l'attention de Myriam, la blouse blanche sort de ma chambre, son acte technique accompli. Je décide d'ouvrir les yeux ; le danger est passé.

- Comment vous sentez-vous Henri ?
- Attendez quelques minutes et je vous le dirai.
- Très bien.
...
J'attends qu'elle quitte mon corps, qu'elle me laisse, qu'elle se trouve une autre proie. La douleur ne cède pas facilement quand elle trouve une victime.

Maintenant, elle accompagne les pulsations de mon cœur, elle s'accroche à ce qui me tient en vie. Saloperie ! C'est le signe qu'elle va s'atténuer, sa présence est moins constante.

Je me souviens - curieux souvenir - d'un chant qui rythmait les cérémonies religieuses du collège : "Le Seigneur fit pour moi des merveilles, Saint est son nom." Il n'est pas besoin de beaucoup plus de preuves de la perversion des croyances. Si le crucifié voyait dans sa douleur une possibilité de rédemption, voulait-il pour autant que chacun soit frappé de sa névrose ?

Je divague, je me complais dans l'incohérence mais j'ai tous les droits. J'imagine deux flics venant me prendre pour je ne sais quel forfait ; impossible, je suis mourant ! Monsieur le Juge, l'accusé ne peut se présenter, il est mourant. Madame l'inspectrice des impôts, le contribuable Henri ne peut vous répondre, il est mourant. La loi n'a plus de prise sur moi ; c'est gagné, je suis libre ! Ma servitude n'est plus, je conchie

l'oligarchie démocrate et ses systèmes aliénants.
Je suis libre, juste avant de mourir. C'est injuste.

La douleur s'atténue, ce n'est plus ma douleur, je
l'ai vendue au marché des opiacés.
" Le Seigneur fit pour moi des merveilles..." C'est
reparti, mon mental est empli de Chanteurs à la
croix de bois. Ces petites voix piaillantes me
déchirent la cervelle. Et toutes ces croix de bois
sur ces jeunes poitrines ; un instrument de
torture comme symbole d'une promesse
d'éternité, quelle délire !

Je ne suis pas très clair. Me concentrer, me
concentrer sur les mots, sur les dires, sur
Myriam.

- Myriam.
- Oui.
- Je me sens un peu mieux.
- Oui.
- Que m'a fait la blouse blanche ?
- Je ne sais pas.
- Je souffre moins.

- Elle a donc fait quelque chose.

- Oui. Vous êtes finalement restée.

- Oui.

- Le spectacle est-il intéressant ?

- Ne faites pas l'idiot ?

- Et pourquoi je vous prie ?

- Je suis restée parce que j'aime votre compagnie.

- Seriez-vous gérontophile ?

- J'aime l'homme.

- Est-ce une déclaration ?

- Oui, une déclaration d'amitié.

- C'est toujours ça. Pouvons-nous reprendre s'il vous plait ?

- Vous ai-je gêné ?

- Oui vous m'avez gêné. Je ne sais quoi faire de votre amitié, elle m'encombre, je ne lui ai pas trouvé de place. Il n'y en a jamais eu, pas davantage pour l'amour. Ces sentiments m'obligent. Mais je prends, je prends, je ne sais où je vais mettre votre amitié mais je la prends. Je ne peux la mettre sous mon mouchoir je n'ai pas de mouchoir, je ne peux la mettre dans ma poche, je n'ai pas de poches. Je vais vous dire, nous allons mettre votre amitié dans ce tube, elle va me pénétrer, elle va me soulager, elle va m'aider à vous rendre la pareille. J'éprouve à votre égard une profonde reconnaissance. Je lâche des mots dont j'ignore la portée ; prenez-les comme bon vous semble.

- Merci.

- Pouvons-nous reprendre nos échanges ?

- Êtes-vous sûr de vouloir poursuivre notre conversation ?

- Oui, elle m'intéresse. Où en étions-nous chère Myriam ?

- Nous avions laissé l'espoir dans la boîte de Pandora.

- Belle référence mythologique ! Nous l'y laisserons si vous voulez bien. Je me demande comment ce dernier malheur de l'humanité a pu s'échapper. Une perversion des dieux à n'en pas douter. L'espoir est mieux dans une boîte, il ne contaminera que celle-ci et je ne connais aucune boîte qui nourrisse l'espoir de ne plus en être une.

- Vous êtes à nouveau en forme.

- Je ne suis qu'une forme, j'ai encore quelques reflexes pour que ma forme actuelle soit acceptable.

Ne trouvez-vous pas que je sens mauvais ? Vous savez cette odeur que l'on rencontre parfois dans les bois et que l'on attribue à un animal mort. J'ai l'impression que j'exhale ce parfum signe olfactif de ma décomposition..

- Je ne sens que le propre, l'aseptisé. Peut-être sont-ce ces fleurs dans ce vase. Je vais changer l'eau.

- Ne vous donnez pas cette peine, jetez-les plutôt. Les fleurs comme les crachats sont pour les tombes.

- Très bien. Qui vous a porté ces fleurs ?

- Un coursier casqué. Une personne qui a pensé que les fleurs me visiteraient mieux qu'elle ne saurait le faire.

- La connaissez-vous ?

- Je ne sais si je la connais ou pas ; je n'ai pas demandé à ce qu'on me lise le petit mot qui accompagnait le bouquet.

- Vous n'êtes pas curieux.

- Non mais en réalité je ne veux pas avoir à penser à d'autres qu'à moi-même, j'ai le sentiment que je pourrai m'attacher davantage et ce n'est pas le moment. Si je dois partir, autant n'être attaché à rien ni à personne.

...

Je suis fatigué Myriam. Puis-je vous demander d'interrompre notre conversation pour aujourd'hui ? J'ai la conviction qu'il y aura un demain avec vous. Vous voyez, quand nous savons qu'il y aura un demain, nous pouvons remettre les choses au lendemain.

- Bien sûr Henri. A quelle heure voulez-vous que je revienne ?

- À la même heure, nous avons du temps et les visites des blouses blanches sont peu fréquentes à ces heures-ci.

- Avez-vous besoin que j'apporte quelque chose demain ?

- Non je n'ai plus besoin de rien. Je ne souhaite que votre présence. Eprouvez-vous le même besoin ?

- Oui Henri.

- A demain très chère Myriam.

- A demain très cher Henri.

Elle n'est pas encore là.

J'ai passé une nuit agitée. Je me suis souvenu de
mes enfants. Ses souvenirs m'ont tourmenté. La
morale de la conformité m'accuse d'avoir été un
mauvais père et je n'ai pas résisté à cette idée que
j'aurais pu être plus proche d'eux, plus aimant,
plus... Je ne sais pas. S'ils sont heureux, je m'en
satisfais. Et s'ils sont heureux sans moi, c'est
donc que j'aurais évité de leur transmettre mes
névroses. Je crois que je les ai aimés et que je les
aime mais je sais que je n'ai jamais su leur dire.
"Je t'aime" est tellement difficile à dire, comme si
je sortais de moi, comme si je m'abandonnais,
comme si je lâchais ce qui m'avait tenu debout
jusqu'ici. Je t'aime et je me brise en le disant. Je

t'aime et je m'anéantis pour un nouvel instant dont je ne sais rien, où tout dépend de toi. Maintenant que je suis brisé, je peux vous le dire ; je vous aime mes enfants et ne sais pas faire mieux.


- Vous étiez là ?

- J'ai frappé mais vous ne m'avez pas répondu.

- Excusez-moi, je somnolais probablement.

- Comment vous sentez-vous Henri ?

- Mieux quand je vous sais là.

- Attention, vous pourriez y prendre goût.

- J'y prends goût et j'ai décidé de ne plus faire attention. Y voyez-vous un inconvénient ?

- Aucun cher Henri.

- Merci de votre présence Myriam. Où nous étions-nous laissés dans nos conversations d'hier.

- Aux fleurs.

- Les avez-vous jetées, je ne me souviens pas ?

- Comme vous me l'avez demandé.

- C'est mieux ainsi, je ne supporte pas ces marques de je ne sais quel sentiment. Les fleurs ont un langage parait-il, je ne parle pas la langue.

- C'est une attention, une pensée sans mots.

- C'est un avant-goût de la couronne mortuaire vous voulez dire.

- Ce qui m'intrigue c'est que vous n'ayez pas voulu savoir qui vous les avait envoyées.

- Pour découvrir que c'est un être avec qui j'ai un passé et me replonger dans une histoire malheureuse.

- Pourquoi malheureuse ?

- Pourquoi ? Parce que le ciel est bleu, parce que vos chaussures sont rouges, parce que les draps sont blancs, parce que... vous voyez, ça recommence. Je n'aime pas les questions qui commencent par pourquoi.

- Les histoires sont-elles toutes malheureuses ?

- Oui, les histoires heureuses finissent donc elles sont malheureuses. Les histoires malheureuses ne finissent pas ; vous voyez bien.

- Une histoire malheureuse qui finit c'est une heureuse fin.

- Non, elle traine en vous encore et encore, elle se poursuit dans vos souvenirs, occupe votre mémoire et traumatise vos gênes. Ces fleurs sont portées par le malheur ; elles sont là où elles doivent être : dans la poubelle. Elles n'auront rien réveillé chez moi et tant mieux. J'ai peu de temps et ne peux le consacrer au ressassement de souvenirs médiocres.

- Vous avez un bref instant évoqué des souvenirs heureux.

- Oui, ce sont des souvenirs sans histoire donc sans malheur.

- Voulez-vous m'en parler ?

- Je vous informe chère Myriam que si je suis allongé, je ne suis pas sur votre canapé de dissection des âmes.

- J'avais effectivement noté la différence.

- Parfait. Puisque vous m'y avez invité sans considération sur le risque que vous prenez, je vais vous parler du bonheur sans histoire.

Avez-vous jamais contemplé un paysage vallonné ? Les courbes des collines se découpent sur le ciel comme pour, par contraste, souligner son bleu estival. Les arbres des vallées étendent leurs ombres sur les prés où quelques vaches se sont réfugiées. Rien ne bouge, à l'exception de quelques feuilles bruissant au peu d'air qui traverse les cimes des forêts. Vous êtes là, au milieu de cette immobilité verdoyante, votre histoire s'est interrompue, le malheur s'est arrêté, pour un temps, pour ce temps. Votre agitation s'est égarée dans les pâturages et votre esprit est au ciel. Pas de passé, pas d'avenir, pas de temps, tout ce qui fait la condition humaine s'est momentanément figé. C'est un bonheur. Ce sont ces moments qui me reviennent parfois et je trouve le même bonheur à m'en souvenir que j'ai eu à les vivre.

- Vous êtes un contemplatif.

- J'aurais aimé être un homme sans histoire, sans malheur. Je suis sorti trop vite de ces paysages immobiles, où le temps qui passe s'étiole, pour retrouver, poussé par je ne sais quelle compulsion, la frénésie vaine de mon histoire. Quel imbécile je fus ! Quel imbécile je suis de vous en parler ! Je me laisse aller aux ressentiments, la pire des morales disait l'autre. Je ne veux pas me donner en spectacle.

- Je suis votre amie.

- Raison de plus. Je me dois de vous épargner cette soudaine tristesse qui m'apparaît tout à fait ridicule. Oui, la tristesse est ridicule, elle n'entame pas le tragique, elle est une douleur supplémentaire qu'aucune morphine ne soulage. La tristesse m'a accompagné toute ma vie, une tristesse mélancolique, qui posait sur les choses et les êtres un regard détaché, presqu'absent. C'est cela, je me suis absenté pendant toute ma vie. J'ai sans doute cherché à ne pas être. Pourtant les chagrins n'ont cessé de me harceler, ils ont tenté de me rattraper pour me ramener à la vie. Quand ils y parvenaient, c'était pire. Se battre et se débattre pour éviter sans succès les souffrances est fatigant. La souffrance tenaille comme un cilice, compagne des instants où tout manque. Vivre au loin, marcher sur l'eau, rester à la surface, hors d'atteinte, hors d'étreintes.

...

Excusez-moi, cela m'est pénible. Sortons de cette confession psychologisante. Je ne veux pas me répandre.

- Puis-je vous toucher ?

- Évitez le geste compassionnel banal ; ne me prenez pas la main !

- Puis-je vous touchez l'épaule Henri ?

- Faites.

...

Alors, prête à jouer aux osselets ?

- Je vous confirme que vous êtes un humain. Je vous confirme que vous êtes en vie. Je vous confirme que vous avez de la chaleur en vous. Je vous confirme que vous êtes aimable.

- Tout cela dans une épaule ? C'est du chamanisme.

- Ne vous moquez pas de nous.

- Vous préféreriez que je pleure.

- Je ne préfère rien mon ami. Je vous aime comme vous êtes.

- Pouvez-vous retirer votre main s'il vous plaît ? Vous allez finir par me percer à jour et je suis assez percé comme cela.

- Avez-vous aimé que je vous touche ?

- Je ne sais pas. Je suis troublé. J'ai ressenti une crainte mêlée d'envie ; crainte de ce contact étrange, envie de lui. Je n'ai jamais beaucoup aimé qu'on me touche.

- Je ne suis pas On.

- Ne prenez pas la mouche, nous sommes en plein hiver, ce n'est pas la saison.

- Quand les mots nous manquent, il reste les gestes. Les mots vous ont manqué, j'ai pris l'initiative du geste. Vous ai-je contrarié ?

- Non, vous m'avez invité à parler votre langue. Puis-je vous toucher ?

- Oui.

- Approchez-vous, tendez votre avant-bras vers moi, je vais m'y accrocher. J'ai besoin de m'accrocher à du vivant. J'ai besoin de sentir que ça bat, que ça circule, que ça bouillonne.

…

Que c'est bon !

…

Votre vie me rejoint, passe en moi ; c'est bon de sentir la vie. Je n'ai jamais senti la mienne. J'ai été son voisin, indifférent, nous avions juste un palier en commun. Les rares rencontres ne furent jamais heureuses ni même cordiales. Je me suis souvent vu sur scène et n'ai que rarement quitté la salle. Le spectacle était pourtant mauvais.

- Avez-vous quitté la salle ?

- Je me souviens d'une seule fois. Une femme m'a délicatement invité à me lever de mon fauteuil, m'a conduit au-dehors par la sortie des artistes, je me suis laissé sur scène. J'ai suivi la délicatesse de sa nuque, la courbe des ses épaules, la rondeur de ses hanches, la finesse de ses jambes, la tranquillité de ses mots. Je n'ai pu distinguer son visage et fut impatient d'être à la lumière pour le découvrir. J'ai décidé soudain de vivre. Ses yeux débordaient de tendresse, ses lèvres n'étaient faites que pour les mots doux, son visage invitait à la caresse. Je l'ai prise dans mes bras. Elle m'a embrassé et m'a dit : "C'est pour maintenant et pour toujours". Ces mots m'ont bouleversé. J'ai su dès lors, bien tardivement, qu'un moment de bonheur dure toujours.

J'ai appris à aimer, j'ai appris à quitter les moments courts pour aimer les moments longs. J'ai appris à contempler le corps de la femme aimée pour m'abreuver de sa beauté. J'ai appris à être dans le délice de l'instant quand les mains se prennent et que les lèvres se joignent. Nous avons ajouté des moments aux instants, de l'amour au sentiment, un corps aux chairs, une existence à la vie. Nos silences étaient des mots et nos mots des silences sans que nous ayons à les comprendre. Je me suis jeté dans plus grand que moi sans qu'aucune frayeur ne m'atteigne.

Myriam, pour la première fois, j'ai aimé vivre ; j'ai aimé.

- Vous serrez mon bras Henri.

- Excusez-moi Myriam. Vous ai-je fait mal ?

- Non Henri.

- Je me suis embarqué dans le souvenir et il m'a pris.

- Je l'ai bien senti.

- Je vous rends votre liberté.

- Je n'étais pas prisonnière. Vous m'avez montré qu'il y a une force en vous quand il s'agit de vivre.

- Que dois-je comprendre ?

- Ce que vous voulez comprendre. Je vous sais suffisamment agile pour qu'il n'y ait pas besoin d'explications qui gâteraient les mots et leur ambiance.

- Que faites-vous ce soir ? Non, laissez, c'est une question idiote. Il fallait bien que je me sorte de ces mièvreries d'une façon ou d'une autre. Je vous l'accorde, ce ne fut pas la meilleure.

- Cet amour fut-il une mièvrerie ?

- J'allais vous répondre : "comme tous les amours" mais cette réponse aurait été injuste.

Comprenez que je ne puisse quitter mon cynisme facilement. Ce fut mon rôle principal, je ne peux m'en défaire maintenant que j'ai lâché votre bras.

Je veux vous dire que votre bras m'invita à renouer avec ma tendresse dont la pratique fut rare ; on ne vous apprend pas cela dans votre enfance et particulièrement chez les curés.

- Vous avez été éduqué par les curés ?

- N'y voyez aucun lien de filiation, mais je ne peux nier un héritage intellectuel froid et bien formaté.

- Avez-vous souffert de cette éducation ?

- Rappelez-vous le conseil de la blouse blanche ; ne me fatiguez pas avec vos questions.

- D'accord, je la garde pour plus tard.

- Jetez-la plutôt, ainsi, elle ne risquera pas l'absence de réponse.

- Avez-vous souffert de l'éducation que vous avez reçue ?

- Faible qualité de la reformulation chère Myriam. Je vous ai connu plus heureuse dans vos questions.

- Avez-vous souffert...

- Vous jouez avec moi Myriam, je suis un piètre joueur. Oui j'en ai souffert.

- Oui, vous en avez souffert.

- Oui j'en ai souffert et ce sera tout.

...

Myriam, auriez-vous la bonté de remonter l'oreiller et de le caler contre ma nuque ?

- Tout de suite.

…

Voilà, est-ce mieux ?

- Oui, c'est parfait. Pouvez-vous prévenir l'infirmière que je ressens des démangeaisons insupportables autour de ma perfusion. C'est très irritant.

- Je vais la prévenir. Souhaitez-vous que je revienne ?

- Oui, nous nous dirons au-revoir.

- Je m'absente quelques instants.

- J'aime cette formule. Vous savez, la plupart des gens qui quittent ma chambre pour un instant me disent : " Je reviens". C'est idiot, ils disent qu'ils reviennent alors qu'ils partent. Conjuguer le futur au présent peut mener à la folie. Ils contractent le temps ; quelle arrogance !

- Je vais prévenir l'infirmière.
- Merci.

Elle est partie. Je me sens seul. Je suis seul. Je ne voulais pas m'attacher et voilà que je me lie avec cette inconnue. Faut-il que je sois mal en point !

- L'infirmière m'a dit qu'elle passera vous voir dans quelques minutes.
- Sachez que les minutes de l'hôpital n'ont pas la même durée qu'ailleurs. Sans doute les horloges sont-elles perfusées à l'opium.
- Nous disons-nous au-revoir.
- Oui Myriam, au-revoir.
- Au-revoir mon ami. Nous nous retrouverons demain.
- Oui, si vous pouviez venir un peu plus tôt, je vous parlerais des curés.

- Je vais m'arranger Henri. A demain
- A demain.

**J**e n'arrive pas à dormir.

J'aimerais me tourner et me retourner, emmêler
mes draps comme quand j'étais vivant.
J'aimerais chercher le sommeil dans les cheveux
d'une belle. J'aimerais me lever et aller lire un
livre pendant qu'elle dort.
Ne rêve pas ! Sonne l'infirmière, elle a des pilules
merveilleuses ; tu ne risques plus
l'accoutumance.

- Alors, on n'arrive pas à dormir.
- Non, on n'arrive pas à dormir.
- On va lui donner quelque chose qui va l'aider
- Oui, on va lui donner quelque chose qui va
l'aider.

- Voyons voir ce qu'il a déjà pris. Pas de problème. Allez, après ça il va dormir comme un bébé.

- Oui, il va dormir comme un bébé.

- Bonne nuit.

- Madame, Madame s'il vous plait, s'il vous plait, je m'appelle Henri. Dites-moi "Bonne nuit Henri", s'il vous plait.

- Si ça peut lui faire plaisir : bonne nuit Henri.


Je te hais soignante industrielle, dealeuse de médicaments, efficace fourmi du soin. Je te hais. Feras-tu la différence quand j'aurai quitté ce lit avec celle ou celui qui me remplacera si tu ne sais pas que je m'appelle Henri ?

Je vais avaler cette pilule pour ne plus penser à toi, fantôme d'humanité dans ta blouse blanche où tu dissimules probablement un peu de tendresse. Je te le souhaite mais je n'ai aucune envie de te souhaiter quoique ce soit.


Le réveil est bienvenu. J'ai envie d'être en vie. J'ai rêvé de mon dernier souffle ; pathétique ! Scène interminable d'une dernière expiration qui n'en finissait pas ; une scène de l'Hollywood héroïque. Je suis en vie. Je ne ressens que peu de douleurs.

Encore des fleurs, mais qu'ont-ils à "végétaliser" leurs salutations, à "floraliser" leur pensée ? C'est une provocation ; les fleurs me survivront. Je n'arrive pas à y voir une attention sentimentale. Je me demande s'il s'agit d'amour, d'amitié ou de conformité sociale. Dans le doute, je choisis la conformité. Je me dégage ainsi de tous les sentiments ultimes qui se manifestent à la fin des fins. Je ne veux pas laisser de place aux regrets éternels, sentiments commodes qui laissent à l'éternité le soin de consoler celui qui s'en va ; une sorte de délégation compassionnelle.

Consoler ; nous sommes des êtres inconsolables, je suis un être inconsolable. Faut-il me consoler et quel en est l'objet ? De la solitude que je n'ai pas choisie, imposée par la vie. Seul pour quitter les choses et les gens, seul pour trouver les choses et les gens, seul pour affronter mes fragilités et mes faiblesses, seul face à l'incompréhensible, à l'indicible, seul face à la souffrance qui anéantit mon humanité. Déchiré par les lames de la vie, écorché par les écueils des rivages qui semblaient accueillants, seul dans une plainte qui me revient comme un écho du vide. Cet ultime moment est celui de ma vie ; rien pour rien, petitesse qui ne grandit pas. Je finis seul et cela me pèse.

Myriam, revenez vite, je déraisonne. Qui peut m'aimer encore ? Moi-même j'ai des doutes sur l'amour que je me porte. Comment porter un quelconque amour à une viande en décomposition, je n'ai jamais été attendri par les processus chimiques aussi subtils soient-ils. Quelle subtilité peut-on trouver dans les chaires mortes ? Le parfum de la fin ? Certains optimistes obsessionnels y verront un début, mais ceux-là sont bien loin de leur fin. C'est toute la différence entre l'optimiste et le pessimiste ; les pessimistes sont dedans, les optimistes sont dehors.

Je suis seul.

…

Tant qu'a faire, je vais me prendre la main et me donner un peu d'amour, l'amour dont je suis capable, pour m'accompagner vers cette fin que je souhaite parfois, que je ne souhaite pas finalement ; « finalement », le mot est approprié. La confusion m'envahit, je suis parfaitement troublé. Je me rappelle à cet instant la leçon d'un bouddhiste tibétain dont j'avais suivi l'enseignement pendant quelques temps. "Prenez un verre d'eau disait-il et mettez-y du sable. Mélangez le tout et vous verrez que l'eau se trouble. Posez le verre d'eau et attendez ; le sable se dépose lentement, alors l'eau deviendra claire. Il en est de même avec votre esprit, laissez reposer et la confusion ne vous troublera plus." Je ne suis pas un verre d'eau mais un être humain et ce qui me trouble ne tombe pas au fond ; je ne suis pas un récipient. Les métaphores, les analogies, les paraboles se heurtent à l'humain.

Je garde mon sable et suis seul avec ma solitude. Que restera-t-il de moi ? Un peu de sable !


- Entrez ! Ah non, pas toi !

- Je te dérange ?

- Tu m'as toujours dérangé.

- Je suis venue te voir parce que tu es mon frère.

- Ce n'est pas une raison suffisante. Seuls ceux qui franchissent cette porte le font parce qu'ils m'aiment. Tu n'aurais pas du.

- Veux-tu que je m'en aille ?

- Reste si tu as des choses à me dire.

- Je ne sais pas quoi te dire après cet accueil.

- Tente de trouver un mot gentil, un mot fraternel. Seul le sang nous unit ; tu n'as aucune obligation envers moi.

- Pourquoi es-tu désagréable ?

- Parce que ma situation est désagréable. Je suis le porte-parole de ce que je vis. Donne-moi une bonne raison de t'épargner ? Pensais-tu qu'en venant me voir je ferai figure humaine ?

- Je pensais juste embrasser mon frère.

- Suis-je "embrassable" maintenant que tu me vois ?

- ...

- Ne pleure pas. Nous n'avons jamais su être frère et sœur et ma mort n'y changera rien. Tu es venu voir un être humain, c'est cette humanité qui nous rapproche et rien d'autre. Qu'as-tu à dire à l'humain que je ne serai bientôt plus, toi, l'humaine visiteuse ?

- Je ne sais pas, j'ai du chagrin.

- T'apitoies-tu ?

- Oui, mais sur nous.

- Éprouves-tu quelques regrets ?

- Oui, bien sûr. Je ne t'ai jamais pris dans mes bras et tu ne m'as jamais pris dans les tiens ; pourquoi ?

- Parce que nous ne l'avons jamais appris. Et quand bien même ! Nos façons de vivre furent aux antipodes l'une de l'autre. Nous n'avons, ni toi ni moi, cherché à les comprendre, cherché à nous parler de cette différence. Tu es tout ce que je n'aime pas. Nous sommes des étrangers et nous le resterons. Tes larmes ne changeront pas ce que nous sommes ; elles humidifient tes yeux, les voilà pour la première fois plus tendres. J'aime ces yeux là.

- Pourquoi faut-il que tu me dises ça maintenant ?

- Parce que tu es là et que je suis là. Viens m'embrasser, viens me serrer et emporte ce baiser avec toi ; c'est tout ce que je peux te laisser.

...

- Au revoir mon frère.

- Au revoir ma sœur.


Pourquoi est-elle venue ? Je n'ai pas envie de penser à cette relation totalement manquée. Elle est du même sang et le sang ne m'oblige pas aux sentiments. Que pouvais-je te dire ma sœur ? Tu n'as pas été présente dans ma vie, et ma vie n'en fut pas changée. Ne viens pas me pleurer, je ne goûterai pas tes larmes. Faut-il se réconcilier ? Les professionnels de la fin de vie prônent le règlement des "unfinished business" ; achever ce qui est en cours. Je ne suis pas un professionnel de ma fin de vie, je laisserai derrière moi des choses inachevées, des choses en l'air ; qu'elles y restent ! Certains y voient le dénouement des névroses. Comment abandonner celles qui m'ont fait vivre ? J'ai beaucoup de reconnaissance pour mes névroses, je les aime et les mélangerai à mes cendres de futur grand brûlé.


Ce n'était pas le jour. Ma sœur était la colocataire de ma petite enfance, il fallait donc s'entendre pour résister à l'arbitrage parental. Ma vie en pension m'a éloigné d'elle puis, nous nous sommes retrouvés, elle dans une vie et moi dans une autre. Ce que nous avions à nous dire était du registre verbal des conventions. Retourne chez toi, dans ta vie et ne viens plus perturber le temps qui me reste. J'aurais tant voulu te dire que je t'aime mais il eut fallu qu'un sentiment d'amour existât.

Que fait-elle ? Elle est en retard. Je ressens toujours des démangeaisons. Qu'ont-elles fabriqué ? Les blouses blanches appliquent le protocole et puis s'en vont.

- Ah ! vous voilà !
- Cher Henri, allons-nous commencer notre discussion sur un reproche ?
- Vous ai-je reproché quoique ce soit ?
- Votre ton Henri, votre ton !
- De quel ton parlez-vous ?
- Du ton de reproche que vous avez utilisé pour me saluer.
- Dites-moi ce qu'est un ton de reproche.
- Comment ?
- Donnez-moi un exemple.

- Ah ! vous voilà !

- Je n'ai entendu qu'une chose : "Ah ! vous voilà !" Laissez-moi vous donner le ton qu'il convient d'entendre, celui de l'impatience. Chère Myriam, j'étais impatient. Quant au reproche, laissons cela au vieux couple, ce que nous ne sommes pas encore et qui, s'il existe, a peu de chance de vieillir.

- Reprenons. Bonjour Henri, comment vous sentez-vous ?

- Je me sens frère et je n'aime pas ce sentiment.

- Que s'est-il passé ?

- Ma sœur est venue me visiter. Je n'avais aucune envie de voir cette femme et encore moins de lui parler. J'ai été, je le sais, peu aimable mais c'est la seule attitude qui m'a paru juste à ce moment-là. Je veux me libérer de cet attribut familial pour que nous puissions reprendre nos échanges en tête-à-tête.

- Faites. Dites-moi quand vous serez libre.

- M'inviteriez-vous à parler de ma sœur ?

- Ai-je besoin de vous inviter pour que vous me parliez d'un sujet ou d'un autre ?

- Certes. Je ne vous en parlerai donc pas. Je me suis tout dit à ce propos.

- Nous nous étions laissés sur les curés.

- Oui et nous changerons de sujet ; les curés ne sont pas un sujet. Je ne veux pas revenir sur ces périodes de souffrances. Elles sont en moi et sont promises à une carbonisation proche. Elles seront en cendre et c'est tout ce qu'il y a à dire. Comment allez-vous Myriam ?

- Je vais bien Henri.

- Comment trouvez-vous le temps de venir me visiter ainsi quotidiennement ?

- Je le trouve parce que je le veux.

- Cela me fait penser à un de mes maîtres. Je devais lui rendre un devoir pour une date précise. Je ne lui rendis qu'une page blanche. Il me fit une leçon que je n'ai pas oublié : "Monsieur, je vous offre la possibilité de noter votre copie d'un zéro ou d'un vingt, cela dépendra de la réponse que vous ferez à cette question : pourquoi n'avez-vous pas fait votre devoir ?" Le temps de la surprise passée, je lui répondis : " Mon Père, je n'ai pas eu le temps." J'ai senti immédiatement que ma réponse ne valait pas plus de zéro. "Monsieur, je vous mets un zéro. La bonne réponse était : je n'ai pas pris le temps." J'ai su dès ce moment la différence entre "ne pas avoir" et "ne pas prendre". Cette différence, de vingt points, est d'une grande importance. Ce fut le début de mon apprentissage du discernement.

- Votre maître était un Jésuite n'est-ce pas ?

- Oui, mais cela n'a pas d'importance. Ne me faites pas aller là où je ne veux pas être.

J'ai digressé. Poursuivons voulez-vous. Quelle est la raison qui vous pousse à trouver le temps de venir me voir ? Je suppose que vous avez une vie, un travail et que sais-je encore. Est-ce votre devoir d'accompagnante, est-ce un geste de charité qui vous fait espérer un paradis, répondez-vous à un désir morbide ?

- Rien de tout cela, j'aime nos moments et cela suffit.

- Malgré toute la volonté que je mets à ne pas être aimable.

- Vous ne savez pas réellement ne pas être aimable. Vous êtes un homme aimable que j'aime. Et puis j'aime nos joutes dont la douceur nous mène où nous n'imaginions pas aller.

- Est-ce de l'amour ce que vous me dites ?

- Je ne sais pas Henri et cela n'a aucune importance. Faut-il évaluer les sentiments à l'aune d'une appellation qui définirait absolument leur intensité ?

- Oui, restons-en au mystère du mot et n'ouvrons pas l'enveloppe. Je vous suis reconnaissant de livrer ainsi vos sentiments. Vous êtes une femme étonnante. Mes mots sont bien médiocres après ce que je viens d'entendre de votre bouche.

- Les mots ne sont jamais médiocres quand ils sont embarrassés.

- Merci de votre mansuétude. Je vous remercie d'être là. Je vous attends pour que votre présence repousse l'obscurité qui m'engloutit. N'y voyez aucune demande au-secours mais plutôt une déclaration du bien que vous me faites.

…

Voyez-vous d'autres personnes dans ce service ?

- Depuis vous, non !

- Donnez-moi la main. Cette banalité n'est plus puisque c'est votre main et que c'est la mienne. J'aime notre tendresse, je ne sais l'expliquer.

- Parce que la tendresse c'est la réalité de l'amour que cache la fusion des corps. Parce que la tendresse c'est l'ultime serrement des mains qui tremblent. Parce que la tendresse est la peau du cœur. Parce que la tendresse ne se déclare pas, elle touche sans mots, elle caresse sans commentaires, elle apaise sans paroles. La tendresse est immanente, présente sans qu'on ait besoin de la dire ; seulement la sentir. Dans nos mains réside la tendresse, nos mains qui se serrent est l'acte d'amour le plus ineffable et je devrais me taire à cet instant.

Non, ne rien penser, boire les mots, sentir l'amour et rien d'autre. Son visage est si proche du mien, légèrement penché sur son épaule, comme au repos. Epouser son souffle, là, tout de suite, pour vivre avec elle. Je vais dormir d'un sommeil tranquille, lové dans la matrice amoureuse des êtres qui s'aiment. Je vous aime.

Mon sommeil fut doux et tendre dans ses débuts.

Mais le corps avait décidé de se rappeler à mon bonheur. Ma nuit fut un enfer tout entier contenu dans mon lit. J'ai été condamné par la miséricorde de Dieu avant d'avoir été jugé, je réclame la présomption d'innocence.

Mon corps est devenu mon ennemi le plus intraitable, ignorant toute pitié, toute considération sur les limites du supportable. Rien n'y fait, "je mourrai dans d'atroces souffrances après une longue maladie" comme ils disent. Les dévots chercheraient sans doute à donner du sens à cette douleur inhumaine ;

peut-être cette recherche me soulagerait-elle mais je ne suis pas prêt à renoncer à mes convictions, je ne veux pas céder, c'est la seule partie de moi qui reste vivante.

Je suis fatigué et las. Je n'ai pas envie de lutter pour prolonger de quelques jours une vie qui n'est plus humaine.

La loi ne me permet de disposer ni de ma vie ni de ma mort comme si l'une et l'autre appartenaient à un patrimoine commun sacralisé. Qui peut donc outrepasser son pouvoir pour mettre la main sur ma fin ? Qui est propriétaire de mon désir d'en finir ? Qui ose me soustraire à ma volonté ? La vie n'est pas sacrée quand elle n'est plus la vie et seul celui qui souffre peut dire à l'humanité bien-portante quand sa vie n'est plus.

Pourquoi vouloir me priver d'une bonne mort ? Parce que la créature appartient à son créateur ? C'est bien cette croyance qui sourd au travers les lois qui empêchent de mourir celle ou celui qui ne peut plus vivre. Si je m'ôte du monde, on ne pourra plus dire que Dieu m'a rappelé à Lui, ce faisant j'aurais démontré l'inexistence de sa toute-puissance ; blasphème ! Nous sommes au vingt et unième siècle et voilà que ma douleur doit m'achever au nom d'une croyance archaïque qui se barde d'humanité et se drape dans la loi.

Que perdriez-vous bigots à me voir disparaître selon ma propre volonté ? Vous avez aliéné ma liberté ma vie durant, exigeant ma servitude, courbant mon dos sous le poids de vos conformités et vous exigez que ma mort ne m'appartienne pas, que mon corps soit votre propriété, que mon dernier souffle soit conforme. Vous ne recueillerez pas mon dernier souffle.

Je vais rompre l'oppression une fois pour toute. Je vais accomplir le seul acte de liberté qui soit absolu, je vais transgresser vos règles et me soustraire à vos tribunaux d'injustice ; vous ne pourrez condamner mes cendres. Échapper à votre bêtise cravatée de législateur, ce sera mon dernier geste militant ; vous ôter tout pouvoir sur moi pour que vous en soyez à jamais amers et frustrés. Faut-il mourir pour vous échapper ?

Vous m'avez condamné à la douleur, je n'exécuterai pas la sentence, je ne vous supplierai pas, je vais conquérir tous mes droits sur ma vie et reprendre le droit de l'achever selon ma volonté.

Il fait jour. Je n'y avais prêté aucune attention. La douleur est toujours là, sourde, sournoise, embusquée ; je la sens distante, pour un temps.

J'essaie ma voix... je peux encore parler, elle me sera utile pour que je puisse prononcer mes dernières paroles avec la grandiloquence que mérite toute l'importance des mots ultimes.

Je tourne péniblement la tête vers la gauche. Elle était là.

- Vous êtes arrivée tôt aujourd'hui.
- Je ne suis pas partie, vous n'étiez pas bien et je n'ai pu vous laisser seul.
- Je suis touché, très touché. Je ne me souviens plus de notre dernière conversation, j'ai du m'endormir.

- Oui, vous vous êtes endormi.

- J'ai du dire que je vous aimais.

- Vous ne l'avez pas dit mais il n'était pas besoin de mots pour que je l'entende.

...

- Myriam, j'ai besoin de votre aide.

- Comment puis-je vous aider ?

- Je ne veux plus passer une nuit supplémentaire. Mon corps est au bout et je choisis de me résigner à mettre fin à son agonie.

- Que voulez-vous que je fasse ?

- Il faut m'injecter quelque chose qui me tue.

- C'est impossible, vous le savez.

- La loi ne m'y autorise pas ce qui ne veut pas dire que c'est impossible.

- Êtes-vous sûr de vouloir faire ça ?

- Oui.

- Est-ce la douleur qui dicte votre volonté ?

- Évidemment. C'est bien la douleur que je veux arrêter, seule la mort le peut.

- Et si nous trouvions un moyen pour que vous ne souffriez plus.

- Vous savez que ce moyen me tuera.

- N'est-ce pas ce que vous voulez ?

- Si, bien sûr, mais ces produits "légaux" me plongeront dans un coma qui peut durer quelques jours. Je veux partir sans traîner mon corps. J'aimerais partir avec votre regard comme témoin. Je veux mourir avec mon corps. Vous pensez pouvoir répondre à ma demande ?

- Cher Henri, vous emporterez avec vous l'amour que je vous porte et je serai avec vous pour m'en assurer.

- Merci Myriam. Nous vivons une curieuse aventure qui finit à son début.

- Les sentiments sont atemporels, ils ne dépendent pas de la durée et ne se goûtent pas dans le temps mais dans l'instant. Il y a des instants qui changent ce que nous sommes et peu importe que ces changements durent ou non. Prenons ce qui arrive et jouissons-en. Quand vous disparaitrez, l'histoire aura été écrite, gravée et seul l'oubli y mettra fin.

Je ne l'oublierai pas Henri.

- Je ne supporte pas les longs adieux sur les quais de gare. Que pouvons-nous faire ?

- Je veux être certaine que votre décision soit consciente. La douleur, vous le savez, trouble parfois le jugement et je ne voudrais pas que...

- S'il vous plaît Myriam, je comprends que vous preniez des précautions mais laissez-moi être le seul juge de mon destin que mon jugement soit altéré ou non. Je sais une chose, je ne veux plus endurer de douleurs, je veux décider de mettre fin à ma perpétuité. Je sais que mon humanité s'étiole et bientôt je ne serai plus capable de ressentir l'amour que j'ai pour vous. Je veux partir en le sentant, je veux partir empli de lui, je veux partir vivant.

- Je comprends.

- Je sais que ce que je vous demande fait de vous une complice.

- Ceux qui s'aiment sont complices.

- Voulez-vous bien intriguer pour faire ce que j'ai décidé ?

- Je vais vous laisser et tenter de trouver des soignants qui vous connaissent et qui comprendront votre situation et votre souhait. Laissez-moi un peu de temps, c'est une question délicate pour le corps médical.

- Et mon propre corps n'est-il pas en délicatesse ? Je comprends la difficulté de répondre à ma demande. Prenez le temps qu'il faudra, je ne suis de toute façon pas de bonne compagnie, je suis épuisé, je ne livrerai pas un autre combat. Venez m'embrasser Myriam, s'il vous plaît.

Elle est partie. J'ai plongé l'être aimé dans une situation difficile ; je m'en rends compte. Il me vient un doute ! Si effectivement mon désir d'en finir n'était pas ce que je voulais vraiment ? Je ne veux pas quitter Myriam aussi vite, peut-être pourrais-je encore vivre quelques moments de bonheur ? Cet amour ne vaut-il pas que j'endure encore quelques douleurs ? Je ne sais plus où j'en suis. Ce sentiment nouveau pour cette femme que je ne connais pas est sans avenir. Il est presque un inconvénient, il m'attache à mon lit de douleur. Je me suis égaré ; je voulais être hors d'atteinte et me voilà à nouveau sur terre, lié par un sentiment d'adolescent ; à mon âge !

J'étais fier de me dire : "rien ne me retient plus." J'ai tout gâché. Il va me falloir mourir avec regret.

Ne pas penser, ne plus penser, laisser faire maintenant et les circonstances décideront. Je ne sais pas quel train j'ai pris mais je sais où il me conduit.

J'ai du dormir, la nuit est tombée, je suis seul. Je ne ressens rien. Une simple veilleuse éclaire la chambre ; ma chambre a mauvaise mine. J'ai l'impression d'être engourdi. Rien ne s'agite plus dans mon corps. Je me sens bien.

Je n'entends plus mon souffle habituellement rauque. Ma poitrine est plus légère, sans oppression. Je ne pèse plus. Je ne sens plus mon lit, je suis en apesanteur. J'essaie de tourner la tête sans succès, trop lourde ; ça ne fait rien, il n'y a rien à voir, pas plus là qu'ailleurs. Pour un peu, je serais en pleine forme à ceci près que tout mouvement m'est impossible. Myriam n'est pas revenue. Elle me manque sans me manquer. Je suis bien là, seul, sans parole, sans besoin d'en prononcer.

Curieuse cette veilleuse qui donne un teint blafard à la pièce ; la petite lumière s'agite dessinant des formes mouvantes sur les cloisons. En ombres chinoises, des bouquets de fleurs dansent au plafond. Ce n'est pas ma chambre.

Mes bras sont sous un drap tendu, plus d'appareillage, plus de tubes et de tuyaux. Le silence est total. Les bruits habituels du couloir ont disparu.

Je sais que je ne suis pas dans ma chambre, je ne sais pas où je suis, qui m'y a conduit et pourquoi. Sans mes tubes, comment vais-je survivre ? Les douleurs vont me reprendre ; mais non !

…

Je ne sens rien, rien, rien.

- **B**onjour mon amour.

As-tu bien dormi ? Dépêches-toi nous sommes
en retard. Je prends une petite douche pendant
que tu fais le café. Allez, lève-toi. Un baiser et tu
te lèves d'accord ? Tu sais que je dois être à
l'heure ce matin, je dois animer une réunion et
j'aimerais arriver un peu en avance.
Mais qu'as-tu ce matin ? Tu traineras plus tard.
Allez, je me dépêche. Je t'aime.

Je fais couler notre café mon amour. Je prends
quelques clémentines pour en faire un jus
comme tu l'aimes. J'irai te le porter dans la salle
de bain où je te trouverai toute ébouriffée.

J'embrasserai tes lèvres encore humides. Je te préparerai des tartines grillées. Je te regarderai t'habiller et jouirai de l'élégance de chacun de tes gestes. J'irai voir dehors le temps qu'il fait pour que tu te prémunisses des intempéries.

Autour du bar, toi, moi et le café. Un silence qui appartient encore au sommeil, un sourire qui appartient à la journée. Je t'aime.

Je t'accompagne à ta voiture et t'embrasse une dernière fois avant de te retrouver ce soir.

Je regarde autour de moi et reste là à contempler ces arbres que je n'avais jamais vraiment regardés, cette vallée qui ne touchait plus mon regard, ces cris de bêtes au loin qui n'atteignaient plus mes oreilles. Je suis vivant, la nature me le dit tous les matins ; que ne l'ai-je entendu avec plus d'attention !

Le soleil est encore bas, les ombres s'étirent gardant encore les forêts dans la nuit. Un merle fouille avec frénésie dans la pelouse pour y trouver son pain quotidien. Tout autour de moi, la vie.

Quelques nuages s'amoncellent à l'ouest. La pluie va venir. Je vais rentrer pour reprendre le travail que j'avais laissé hier ; avant ma mort.

"En face de moi, ma fin et rien d'autre…", premiers mots qui me viennent ; premiers mots à jamais miens.

© 2014, Jean-Pascal Farges
Edition : BoD - Books on Demand
12/14 rond-point des Champs Elysées, 75008 Paris
Imprimé par Books on Demand GmbH, Norderstedt, Allemagne
ISBN : 9782322034369
Dépôt légal : Avril 2014